Sissi und Lala- zwei
Freundinnen auf acht Pfoten

Christel Ballerstedt

An einem stürmischen Novembertag wurde ich von vielen anderen kleinen Häsinnen von unserer Pflegerin aus dem Gehege herausgehoben um ab jetzt bei den Menschen zu leben. Ich verhielt mich völlig erstarrt vor Angst ganz still. Vor mir stand eine Frau und sah mich mit traurigen Augen lange und unentschlossen an. Sie schien auch geweint zu haben und sie konnte sich nicht entscheiden ob sie mich nun nehmen sollte oder nicht. Ich merkte, ich war auch garantiert nicht ihr Typ. Da ich mich aber gar nicht rührte, sah sie in mir wohl ein kleines, ruhiges und anschmiegsames Wesen, (wenn sie sich da nicht mal täuschte). Sie entschied sich letztendlich doch, mich zu sich zu nehmen. Jetzt bin ich sozusagen ein " Kaninchen - Einzelkind." Ich bin mal gespannt auf mein Leben außerhalb der Geborgenheit, zuerst bei meiner Häsin Mama und etwas später in dem großen Kindergarten in meinem Gehege im Zoogeschäft. Dort war viel Platz für uns kleinen Mädchen, die Buben waren nebenan und zu unserer Sicherheit durch einen Zaun von uns getrennt. Aber dafür rannten die Meerschweinchen wie eine wild gewordene Herde in die ein Bienenschwarm gelandet war, durch unsere Stube und gaben Pfeiftöne von sich, die nervtötend waren. Wir kleinen Mädchen halten gerne mal ein Mittagsschläfchen aber daran hielten sich die durchgedrehten Raser natürlich nicht. In meinem neuen Zuhause angekommen war ich leicht seekrank, weil ich in jeder Kurve in meinem kleinen Transportkarton hin und her rutschte und mir übel war.

Zum Glück können Kaninchen sich nicht übergeben und so blieb alles sauber. Bei der Ankunft in meiner neuen Bleibe wurde ich sogleich erlöst und in mein neues Heim gesetzt. Etwas später wurde ich gewogen, ich war 720 Gramm leicht. Mein Appetit hat durch das Ungemach der Autofahrt nicht gelitten und ich mampfte gleich drauflos, das angebotene Futter schmeckte mir sofort. Es gefiel mir ganz gut, jetzt eine eigene Wohnung zu haben. Nach dem Motto; my home is my castle, oder „hier bin ich Tier hier darf ich sein". Ich hoffe nur, dass ich hier nicht einfach abgestellt und einsam werde, denn wir Kaninchen brauchen Gesellschaft, entweder unseres Gleichen oder aber sehr viel Zuwendung von den Menschen, welche ich dann auch reichlich bekam. Es ist mir aber gleich aufgefallen, dass ich nicht die erste Bewohnerin in diesem Kaninchenheim war, es war alles frisch für mich gerichtet, doch mein Näschen sagte mir, da gab es noch einen anderen tierischen Bewohner vor mir. Aber wo war mein Mitbewohner geblieben? Hat er sich nur versteckt? Will er mich erschrecken?? Nein, niemand zu hause. Vielleicht werde ich eines Tages erfahren wer es war.

Es dauerte tatsächlich nur ein paar Tage, als eine Besucherin erstaunt feststellte, dass sie eine neue Insassin im Kaninchenheim vorfand und dass mein Heim schon im Wohnzimmer stand obwohl es doch draußen noch gar nicht richtig kalt war. Da erfuhr ich die traurige Geschichte und mir wurde plötzlich klar, warum die Frau so traurig war als sie mich kaufte und dass ich nur ein Trostpflaster, war als sie sich für mich entschied. Da konnte ich noch keine Zuneigung zu mir erkennen. Der geliebte Hector das Widder- Zwergkaninchen deren eigentliche Besitzerin die Enkelin Lisa-Marie war, sie hatte ihn zu Ostern geschenkt bekommen, er lebte aber bei ihren Großeltern, weil sie Hector nicht mit nach hause nehmen konnte. Sie kam aber immer in den Schulferien um ihren vierbeinigen Freund zu sehen und mit ihm zu spielen.

So auch im Oktober in den Herbstferien. Lisa-Marie und mein neues Frauchen kamen überein, dass der siebzehnte Oktober Hectors erster Geburtstag sein sollte. Sie backten am Vorabend einen Hasenkuchen aus leckeren Zutaten, den er sicher gerne knabbern würde.

Am nächsten Morgen wurden dann die kleinen Geschenke vor ihm ausgebreitet. Doch Hector hatte keinen Appetit, er nahm auch keine der anderen Leckereien, von denen er sonst nicht genug bekommen konnte, zu sich. Er wirkte sehr ruhig

und wollte auch nicht mit Lisa- Marie um den Esstisch um die Wette rennen, im

Gegenteil er lag unlustig herum und wollte am liebsten nur schlafen. Am anderem morgen sah mein neues Frauchen mit Entsetzen dass er über Nacht überhaupt keine Nahrung mehr aufgenommen hat.

Da schrillten bei ihr sofort alle Alarmglocken, denn sie wusste wenn ein Kaninchen keine Nahrung mehr zu sich nimmt, muss sofort der Tierarzt aufgesucht werden. Er wurde noch am selben Tag auf das gründlichste untersucht und die Röntgenaufnahme zeigte, dass sich im Magen etwas Unverdauliches befand. Das war schon eine sehr ernste Sache.

Er bekam Spritzen und mein Frauchen flößte ihm mehrmals täglich frisch gepressten Ananassaft ein, ebenso flüssige Spezialnahrung. Sie massierte bis dreimal täglich sein Bäuchlein, indem sie ihn wie ein Baby auf den Arm nahm. Hector hielt ganz still, er spürte, dass ihm die Massage guttat. Die Anstrengungen haben sich gelohnt und er hatte nach einer Woche wieder leise Darmgeräusche.

Nach zwei Wochen war er fast wieder der „Alte" aber dann kugelte er sich beim Sprung aus seinem Heim das Hüftgelenk aus, er landete auf dem Rücken, vielleicht vor Schwäche. Da konnte jetzt nur eine OP helfen, da er nicht sofort behandelt werden konnte, denn der Unfall geschah am Samstag und Montag war noch ein Feiertag. Die zwei Tierärzte entschieden sich für eine Operation, oder eventuell in der Narkose das Hüftgelenk wieder einzurenken und es zu fixieren. In der Narkose erlitt das arme Kerlchen einen Herzstillstand.

Alle Bemühungen der Tierärzte ihn zu reanimieren waren vergeblich. Die Trauer war sehr groß und er wurde im Arm von seinem Frauchen nach hause getragen. Dann wurde er auf die Couch gebettet wo Frauchen sich dann unter Tränen vom ihm verabschiedet hat. Als nach zwei Stunden die Starre eintrat hat sie ihm noch mal sein kaltes Öhrchen geküsst und ihn sanft in einen kleinen Sarg, den Herrchen gezimmert hatte, mit vielen gelben Roseblättern, welche er so gerne futterte und Watte gebettet und er bekam ein schönes Grab auf dem

Grundstück. Er wird nie vergessen werden. Ein kleiner Rosenstock ziert jetzt sein Grab. Mein Frauchen weinte während sie alles erzählte und wieder durchlebte, dass Hector nur so ein kurzes Kaninchenleben hatte, vor sich hin.

Nun wusste ich, warum sie so traurig war. Er ist wirklich viel, viel zu früh in den Kaninchenhimmel gegangen. Lisa- Marie war auch furchtbar traurig und sie weinte bitterlich. Ihre Freundin, die auch Kaninchen hat trauerte gemeinsam mit ihr.
Ich werde alles tun, dass mein Frauchen wieder fröhlich wird. Sie geht so lieb und zart mit mir um und wird mich mit Sicherheit eines Tages genau so lieben wie sie Hector geliebt hat. Wenn sie mich aus meinem Heim heraus holt bleibe ich unbeweglich auf ihrem Schoß sitzen. Ich versuche nicht zu fliehen und beiße auch nicht. Ich liebe es, wenn sie mich dann streichelt oder mit einer kleinen Bürste mein Fell pflegt. Normal sind kleine Kaninchen ja keine Schoßtierchen, doch ich lasse mir gerne sanft das Fell von ihr

streicheln und so wurden wir im Laufe der Zeit immer vertrauter miteinander.

Wir „Drei " wuchsen im Laufe der nächsten Wochen wie eine kleine Familie zusammen. Wenn ich Ausgang habe und das natürlich jeden Tag für einige Stunden mache ich auch schon mal die eine oder andere Dummheit. Dann schallt es laut „nein Sissi" und ich gehorche, laufe zum Sessel in dem mein Frauchen sitzt und lasse mich mal schnell streicheln. So schmeichele ich mich in die Herzen meiner menschlichen Pflegeeltern.

Mein Herrchen war ja schon bei meiner Ankunft hin und weg von mir. Bestimmt, weil ich ein Mädchen bin. (Ich habe auch sehr schönen Augenwimpern) und noch etwas Besonderes.

Ich habe nämlich links schwarze Barthaare und rechts Weiße. Bei meinem Frauchen dauerte es doch schon ein Weilchen länger. Sie macht aber immer Fotos von mir und eines guten Tages sagte sie doch tatsächlich, ich sähe von vorne aus wie eine Ratte. Das hat mich sehr getroffen, mein Herrchen widersprach auch sofort ganz energisch.

Ich weiß, dass ich nicht die Schönste bin, aber es gab keine große Auswahl an dem Tag als sie mich kauften. Ich habe ein schwarzes Fell und eine weiße Nasenspitze, ebenso einen weißen Kragen, der aber etwas verrutscht aussieht, meine vorderen Pfötchen sehen aus als hätte ich winzige weiße Schühchen an, also, alles in allem bin ich doch ganz gut geraten. Ich glaube, meine „Löffel" sind etwas lang für ein Mädchen, dafür höre ich aber auch sehr gut. Mein Selbstbewusstsein hat durch diese negative Feststellung auch nicht lange gelitten. So gingen die Tage dahin und ich wurde immer heimischer.

Eines Tages wurde ein großer Grüner Baum ins Zimmer gestellt. Er duftete so gut, dass es mich sofort zu ihm hinzog. Da ich ja schwarz bin, konnte ich am Abend bei geringer Beleuchtung einige untere Zweige abnagen ohne ertappt zu werden. Das Fernsehen hat meine Nagergeräusche übertont. Doch am nächsten Tag war die Bescherung nicht zu übersehen, denn es lagen etliche abgenagte Zweige um den Baum herum. So wurde der Baum kurzerhand auf einen Hocker gestellt und ich musste mich schon sehr lang strecken um noch ein Zweiglein zu erhaschen. Jetzt wurden die unteren Zweige auch noch entfernt aus Sorge, ich könnte Baumharz in den Magen bekommen und ich würde genau so krank wie der arme

Hector. Einen Tag später wurde der Baum geschmückt, denn es war ein Weihnachtsbaum. An die Zweige kam ich nun nicht mehr, dafür habe ich die kleinen silbern glitzernden Engelchen von den Zweigen gezogen und probiert ob sie schmackhaft sind, leider nicht

und verboten wurde es mir auch. Doch es wurde mir ein kleiner brauner Plüschteddy unter den Baum gelegt.

Er war also mein Weihnachtsgeschenk, den ich aber eher als Eindringling empfand.

Da er etwas kleiner war als ich, wurde ich mutig und fasste mit meinen Zähnchen den Fremdling am Arm und beförderte ihn ein Stück weiter. Da er sich nicht wehrte, ließ ich gelangweilt von ihm ab. Inzwischen habe ich mich aber doch noch an ihn gewöhnt, denn er liegt immer auf einem kleinen Teppich vor der Vitrine, als warte er dort auf mich. Wenn ich mich müde gerannt und gesprungen habe, lege ich mich ganz nah neben ihn und er wehrt sich ja nicht. Langsam kann ich den kleinen Kerl ganz gut leiden, zumal er mir mein Knabberholz nicht streitig macht.

Ich darf mich im Wohnzimmer, aber mit Argusaugen beobachtet, frei bewegen. Das Esszimmer ist für mich tabu und genau da stehen die leckeren Grünpflanzen, die mir nicht vergönnt sind, warum auch immer. So tobe ich mich eben im Wohnzimmer aus, springe wie ein Känguru (sagt Frauchen) von einer Couch auf die andere und wenn ihr Sessel frei ist, auch da rauf. Manchmal springe ich auf die Ofenbank da liegt ein schönes weiches Kissen, das ich dann in Beschlag nehme und eine kurze Siesta halte.

Doch bei meinem Temperament dauert sie nicht lange und mich gelüstet es wieder nach einem kleinen Rennen. Meine menschlichen Pflegeeltern haben ihren Spaß daran und ermuntern mich immer weiter zu machen.

Natürlich hätte ich lieber einen lebenden Spielkameraden als diesen langweiligen Teddy. Vielleicht kommt doch noch irgendwann ein Vierbeiner um mit mir zu spielen. Das soll nicht heißen, dass ich mich einsam fühle. Meine menschlichen Herrchen und Frauchen kommen mehrmals täglich wenn ich noch in meinem Heim bin zu mir, sie reden dann immer mit mir und bringen leckere Sachen zum knabbern, auch werde ich dann immer gestreichelt. Am liebsten mag ich die kleinen Haferkissen die mein Frauchen mir durch das Türgitter reicht, dann kratze ich mit meinen Vorderpfoten am Gitter wie ein hungriger Tiger, wenn er seine Fleischration bekommt und ich kann davon nicht genug bekommen.

Um 15:00 Uhr ist Kaffeezeit und die Tür von meinem Heim wird geöffnet, dann habe ich Ausgang zwischendurch hüpfe ich die Treppe wieder hoch in mein Heim um dieses und jenes zu erledigen. Ich darf dann bis abends meinen Bewegungsdrang nachgehen. Mein Frauchen sagt oft ich wäre so wild wie ein kleines übermütiges Fohlen.

Vielleicht bekomme ich zuviel von den leckeren Haferplätzchen. Neulich wollte ich mal mit der kleinen Bürste, mit der ich immer fein gemacht werde spielen, sie wollte aber nicht mit mir spielen und hat mich frech in mein Näschen gepiekt, danach habe ich meine Pfoten davongelassen.

Unverhofft kam die kleine Enkelin Lisa-Marie für zwei Tage zu Besuch. Sie hatte schulfrei, weil Karneval oder Fasching war.

Ich hatte gerade Ausgang und sie hat sich gleich auf dem Fußboden zu mir gesellt. Ich hatte sie ja schon kennen gelernt als sie in den Weihnachtsferien zu Besuch bei ihren Großeltern war. Da habe ich noch brav auf der Couch auf ihrem Schoß gesessen, aber ich bin kein Schoßhündchen und dulde das jetzt nicht mehr, das heißt ich befreie mich und mach die Fliege. So sitzen wir zwei ab jetzt auf dem Boden und ich lasse mich gerne von ihr streicheln oder mein Fell bürsten. Sie sagte zu ihrer Oma, das Fell von Sissi glänzt wie eine Speckschwarte, wo sie das nur wieder gehört hat.

Na ja, eben Kindermund. Später bat sie ihre Oma, doch noch eine Geschichte zu erzählen, wenn möglich wieder eine schöne Tiergeschichte. Die hatte mein Frauchen natürlich auch auf Lager.

Es ist die Geschichte von einem Kater der ausgesetzt wurde und sich durchschlagen musste um etwas Essbares zu ergattern. Es begann so. Eines Tages sah mein

Frauchen ein Tier fortlaufen als sie aus dem Hause kam, es war aber so schnell fort, dass sie nur noch einen dicken buschigen Schwanz sah.

Sie glaubte schon es sei ein Fuchs aus dem nahen Wald. Tags darauf sah sie dieses scheue Tier wieder als sie aus dem Haus trat. Natürlich war es kein Fuchs, sondern ein sehr großer zerzauster Kater, der sich vor dem Haus unter der Eibe eingenistet hatte. Mein Frauchen stellte sowieso immer einen Napf mit Katzenfutter vors Haus da sie schon eine andere ausgesetzte Katze fütterte. Sie war eine normale aber sehr ängstliche Hauskatze, die es nie wagte ins Haus hinein zu kommen. Jetzt wurde die Portion Futter natürlich verdoppelt. In kürzester Zeit wurde der Fremdling immer zutraulicher und kam schon bis zur Haustür, etwas später ließ er sich sogar das zerzauste Fell streicheln.

Da aber die zugelaufene Hauskatze, die einfach nur Mieze genannt wurde wegen ihrer Scheu sich nicht mehr ans Futter traute, hat mein Frauchen ihr das Futter hinter dem Haus auf der Terrasse gegeben. Aber der Riesenkater war nicht dumm, er entdeckte ihr Futter auch auf der Terrasse und ließ es sich dort auch noch schmecken. Da meine Pflegeeltern in naher Zukunft zur Kur fahren wollten, musste eine Lösung her.

Der Katzenschutz wurde angerufen und um Hilfe gebeten. Ein paar Tage später kam eine junge Familie mit zwei kleinen Jungen um die zugelaufene Katze zu sehen. Trotz seines zotteligen Felles fand die Familie Gefallen an dem Tier, denn seine Schönheit war nicht zu übersehen. Sie erklärten meinem Frauchen, dass sie gerade dieses Tier nehmen möchten, weil es gewohnt war im Freien zu leben. Sie hatten eine Hauskatze die sie leider abgeben mussten, weil der kleinere Junge eine Katzenallergie hat.

Aus Kummer bekam der arme Bub nun Neurodermitis. Nun wollten sie versuchen ob eine Katze, die zwar draußen, jedoch beim Haus leben sollte, dem kleinen Jungen helfen könnte über den Verlust seiner Katze die sie abgeben mussten hinweg zu kommen. Als der Zuwanderer immer mehr Vertrauen zu uns Menschen fasste, bekam er sein Futter in eine große Transportkiste für

Tiere. Er passte höllisch auf, dass die Tür hinter ihm nicht geschlossen wurde.

Beim leisesten Versuch die Tür zu schließen war er wie ein Blitz so schnell wieder draußen. Also war Geduld angesagt, doch eines Tages war mein Frauchen schneller und er war gefangen. Sie rief sofort die Leute an, dass sie den Kater abholen sollten. Der Arme hat furchtbar „geweint" nicht „miaut" nein eher wie ein Kind weint und mein Frauchen hat mit ihm gelitten.

Sie stand wie auf heißen Kohlen, bis dann endlich die Leute kamen um ihn abzuholen. Am selben Abend klingelte das Telefon und mein Frauchen erfuhr, dass er aus dem Gartenhaus durch das Oberlicht getürmt war. Alle waren traurig, doch die nette Familie gab noch nicht auf. Sie stellten jeden Abend sein Futter vor das Gartenhaus und am anderen Morgen war der Napf leer. Etwas später kam die Nachricht, dass er jetzt im Gartenhaus wohnt und keinerlei Scheu mehr zeigte. Mein Frauchen war über diesen Fortschritt sehr erleichtert. Kurz vor Weihnachten bekamen meine menschlichen Pflegeeltern einen Brief von den neuen Besitzern und einige Fotos von dem Kater der jetzt „Felix" hieß. Er war so schön und gepflegt, dass es unverständlich ist, ein solches Prachtstück auszusetzen. Doch die schönste Nachricht für mein Frauchen war die Genesung des kleinen Sohnes von seiner Neurodermitis. Sie hatte vor Rührung ein paar Tränen in den Augen gehabt als sie das las.

So hat ein armer ausgesetzter Kater eine Familie glücklich gemacht und ein Kind wurde wieder gesund. Lisa-Marie hörte andächtig zu und fragte am

Schluss ihre Oma, ob auch Kaninchen Menschen gesund machen können. Sie überlegte eine kleine Weile und sagte dann, kranke Menschen die Tiere lieben und sie streicheln können, entspannen sich dabei und können so Selbstheilungskräfte entwickeln, sodass sie sich zumindest besser fühlen und manchmal auch gesund werden, egal welches Tier es ist und natürlich auch bei einem Kaninchen.

Lisa-Marie war mit der Erklärung zufrieden, wollte aber noch eine Geschichte hören. Die Oma versprach beim nächsten Besuch eine neue Geschichte zu erzählen.

Seit zwei Tagen versucht mein Frauchen mich auf den Balkon zu locken und das mit allerlei Tricks. Zum Beispiel legt sie ein Apfelstück oder Löwenzahn hin um mich ins Freie zu locken. Ich traute mich aber noch nicht und so nennt sie mich zu Recht kleiner „Angsthase" oder auch „Hasenfuß".

Ich stecke höchsten mein Näschen über die Türschwelle und dann aber schnell zurück ins sichere Zimmer und unter einen Stuhl, dort fühle ich mich sicherer, doch es wurde langsam Frühling und tagsüber war es schon recht warm in der Sonne. Sie sagt ich müsse mich langsam an das Klima draußen gewöhnen, aber wenn ich solche Angst habe? Ich bin wohl eine kleine „Ich trau mich nicht" und mein Frauchen will das nicht verstehen.

Nach mehreren Tagen vergeblichen Lockens mich auf den Balkon zu kriegen, habe ich mich endlich, wenn auch noch zaghaft getraut, die Hürde vom Türrahmen zu nehmen. Als ein kleiner Vogel in der Nähe zwitscherte habe ich mich gleich wieder erschrocken in Sicherheit gebracht.

Danach habe ich etwas zum naschen entdeckt.

Aber leider für mich verboten, es waren kleine Balkonrosen, die in Kästen gepflanzt, am Balkongeländer aufgehängt werden sollen. Also, was soll ich denn draußen, wenn mir doch nur der Mund wässerig gemacht wird? Ich nenne so was zanken, dann kann ich auch in der Stube bleiben, wo wenigsten meine leckeren Mahlzeiten auf mich warten und ich, wie man so sagt über „Tisch und Bänke" springen kann.

Die Versuche mich an den Balkon zu gewöhnen dauern jetzt schon über eine Woche. Mein Frauchen hat inzwischen ein Stück Teppichboden und eine dicke Wolldecke vor mir ausgebreitet und sich am Ende selbst noch auf einen kleinen Hocker gesetzt und mich ermuntert hinaus zu kommen. Zaghaft näherte ich mich zu ihr hin, aber immer auf der Hut nicht den blanken Steinboden zu berühren.

Sie hat auch leckeres duftendes Heu in die Nähe gestellt. Ich schlich mich vorsichtig ran und zog das besagte Körbchen mit meinen Zähnen auf meine weiche Unterlage. Mein Frauchen fürchtet schon, dass sie den ganzen Balkon mit Teppich auslegen muss. Sie sagte ich sei ein verwöhntes „Teppichkaninchen". Sie grübelt täglich wie es weiter gehen soll. Denn bald soll ich ja mit samt meinem Heim auf den Balkon umziehen.

Dann werde ich quasi wie man so sagt „ins kalte Wasser geworfen, dafür müsse es aber nachts noch milder werden.

Solange dauert noch meine Galgenfrist, bis mein neuer Standort nach draußen verlegt wird. Da es über kurz oder lang der Fall sein wird, habe ich einen Weg gefunden, mich bei meinem Frauchen einzuschleimen, indem ich jetzt schon seit etlichen Tagen zu ihr auf den Sessel springe, sie mit meiner Nase an der Wang oder am Kinn anstupse, das heißt streichle mich.

Macht sie eine Pause, bekommt sie den nächsten Nasenstüber von mir und ich könnte stundenlang ihre Streicheleinheiten genießen. Wenn sie mich nicht sofort beachtet, mache ich mich ganz lang bis mein Näschen vor Ihrem Gesicht ist und ich schau ihr direkt in die Augen. Dann sagt sie, na, was willst du denn? Sie weiß doch was ich will, dumme Frage. Nach fast zwei Wochen habe ich es doch geschafft, meine vier Pfoten auf den Balkon zu setzen und an der Wand entlang den langen Weg ohne Decke und Teppich zu pirschen. In einem Winkel, wo bald mein Heim stehen soll, habe ich Rast gemacht. Mein Frauchen hat mich ausgesperrt und obwohl ich bittend durch die Balkontür schaute und lautlos rief, lass mich rein, hat sie sich nicht erweichen lassen.

Dafür durfte ich später mit in ihrem Sessel sitzen und wurde liebevoll gestreichelt. Heute habe ich mich fast zu Tode erschrocken. Mein Heim wurde gereinigt und ich musste Platz machen, so habe ich mich eben unter mein Haus gehockt als Zuschauer, denn helfen kann ich dabei nicht, ich kann bestenfalls im Weg herumstehen.

Als meine" Putzfrau" mit dem Kehrblech über den metallenen Boden kratzte war alles vorbei, ich habe so einen Schrecken bei diesem Geräusch über mir bekommen, dass ich wie gelähmt sitzen blieb und unüberhörbar mit meinem Hinterlauf geklopft habe. Ich konnte mich gar nicht beruhigen, obwohl mein Frauchen mir leise gut zuredete, klopfte ich immer weiter. Sie bekam es langsam mit der Angst zu tun, weil ich nicht aufhören konnte. Ich hatte einen richtigen Schock bekommen. Es hat fast zwei Stunden gedauert, bis ich mich aus meinem Versteck hervor getraut habe, denn dieser Schrecken hat sehr tief gesessen, in dem sonst so ruhigem

Zimmer war ich auf so einen Lärm nicht gefasst. Ich muss gestehen, dass ich auch Angst vor dem Staubsauger habe.

Der Tag X war gekommen und ich wurde mit samt meinem trauten Heim ins Freie getragen. Auf dem ganzen Weg hatte ich das Gefühl auf einem fliegenden Teppich zu sitzen und in den Kurven schaukelte es so sehr, dass ich dachte, so muss sich der Ritt auf einem Kamel anfühlen.

Doch wir kamen ohne Unfall in meine Sommerresidenz an. Das Wetter war schön warm und ich hatte auch sofort Ausgang, denn ich hatte auf meinen Erkundungen schon diesen Teil des Balkons kennen gelernt. Wie auch mein verstorbener Vorgänger der Hector, durfte wie ich bis zum Abend draußen bleiben.

Das Osterfest näherte sich und es wurde mal wieder Hausputz gehalten. Ich fand es war noch gar nicht nötig. Ostersonntag wusste ich, warum alles so peinlich sauber sein musste. Man glaubt es nicht, aber mein Frauchen versteckte einige bunte Eier in meinem Heim. Die Enkelinnen sollten tatsächlich glauben, dass ich der wahre Osterhase bin. Na ja, die vierjährigen Zwillinge würden es sicher noch glauben, aber Lisa-Marie mit fast neun Jahren bestimmt nicht. Genau so war es. Als mittags der Besuch ankam, platzte Lisa-Marie gleich mit der Nachricht heraus, dass sie in diesem Jahr „Osterhase" sein durfte und zu hause alle bunten Eier versteckt hat.

Nach dem Essen sollten alle drei Mädels Eier suchen, doch die Eier die Lisa-Marie zugedacht waren wurden einfach nicht gefunden. Darauf sagte mein Frauchen wir suchen jetzt auf dem Balkon weiter und ich sage „kalt oder warm". Lisa-Marie ahnte sofort, dass die Eier in meinem Stall sein mussten und so hat sie sie dort auch sofort gefunden. Sie sagte darauf nur ganz lakonisch, jetzt sind die Osterhasen auch schon schwarz. Aber die kleinen Schwestern können immer noch nicht verstehen, dass Hector über den Regenbogen in den Kaninchenhimmel gegangen ist und dass das andere „Häschen" Sissi heißt. Sie suchen ihren Hector immer noch. Lisa-Marie durfte wieder ein paar Ferientage bei Oma und

Opa bleiben. Was wurde ich da mit liebevollem Streicheln verwöhnt und mein Frauchen konnte sich mit anderen Dingen beschäftigen. Wie versprochen bekam Lisa- Marie wieder eine tierische Geschichte erzählt.

Mein Frauchen wohnte in ihrer Kindheit und Jugend nahe an einem Fluss. Auf dem Weg zum Flussufer, wenn sie zum schwimmen ging nahm sie eine Abkürzung über eine Wiese auf der ein paar Schafe weideten.

Das war aber vom Besitzer streng verboten und er kontrollierte mehrmals täglich mit seinen zwei Hunden, die Blitz und Gefi hießen, das Gelände. Blitz war ein pechschwarzer Schäferhund und Gefi ein Foxterrier, beide konnten schnell laufen und die Kinder hatten eine Heidenangst vor den Beiden. Mein Frauchen auch. Der Mann konnte Kinder nicht leiden.

Eines Tages als sie gerade über die Wiese lief und der Besitzer im Anmarsch war, hat er beide Hunde auf sie gehetzt und sie rannte um ihr Leben. Bevor Blitz sie beißen konnte stürzte sie sich in ein

Gebüsch und der böse Besitzer pfiff endlich die Hunde zurück. Doch der rettende Sprung durch das Gebüsch hatte eine lange Wunde ins Bein gerissen, aber die Wunde wurde nicht durch das Geäst hervorgerufen, sondern jemand hatte ausgerechnet in dem Busch entwendete Glasartikel versteckt, die man natürlich jetzt nicht mehr brauchen konnte.

Die Gegenstände waren aber kein gemeiner Diebstahl im üblichen Sinne, sondern die Amerikaner (die die Stadt eingenommen hatten,) hatten sie im Bootshaus vom Ruderclub zurückgelassen. Es war gerade Kriegsende und jeder nahm sich was er finden konnte. Leider musste mein Frauchen dafür die Zeche zahlen. Lisa-Marie bog sich vor lachen, ja sie kann ganz schön schadenfroh sein. Sie stellte sich eben bildlich vor, wie ihre Oma durch das Gebüsch gehechtet ist (Nicht als Oma, sondern als Kind).

Lisa-Marie bettelte bitte nur noch eine kleine Geschichte. Die Oma sagte o.k. und lachte jetzt auch schadenfroh, diesmal betraf es nämlich Lisa-Maries Vater als er noch ein Kind war. Er ging also mit seiner Mama durch den Wald um eine Abkürzung zum Bauernhof zu nehmen um Eier zu kaufen. Er trottete ein kleines Stück vorweg, als er plötzlich losrannte und schrie Füchse,

Füchse. Er rannte so schnell wie noch nie in seinem Leben zur nahen Straße, überquerte sie und kam dann mit einem dicken Stein in seiner kleinen Hand zurück um seine Mutter zu beschützen. Es war wirklich eine Füchsin mit ihren zwei Jungen, die sich   überhaupt nicht um uns Menschen scherten, da Füchse sehr scheue Waldbewohner sind. Mein Frauchen war sehr stolz auf ihren Sohn, dass er trotz der Panik den Mut aufbrachte, seine Mutter zu vor dem „bösen" Fuchs zu retten. Lisa- Marie sagte zweifelnd, ich frage meinen Papa ob die Geschichte überhaupt wahr ist.

Nach vier Tagen musste sie leider schon wieder nach hause, denn sie ging am weißen Sonntag zur Kommunion. Da musste ich den ganzen langweiligen Tag in meinem Heim verbringen. Abends durfte ich dann aber doch noch ins

Wohnzimmer, wo ich lange liebevoll gestreichelt wurde.

Jetzt wird der Hund in der Pfanne verrückt. Mein Frauchen hat ein komfortables Netz -Kaninchengeschirr gekauft, um mich auf der Wiese hinter dem Haus weiden zu lassen. Bin ich etwa eine Ziege oder ein Kaninchen?? Und schon gar kein Schaf. Es mag ja so zahme Artgenossen geben, die sich das gefallen lassen, ich nicht. Sie sagt, sie würde mich ja gerne hinuntertragen, wenn nicht die Gefahr bestünde, dass ich ihr vom Arm herunterspringe. Die Gefahr besteht allerdings wirklich, denn ich will nicht auf den Arm genommen werden und wenn ich über das Balkongeländer springen müsste, ich bin nun mal ein sehr wildes Kaninchenmädchen geworden.

Ich fürchte, sie bringt mich in der Transportbox hinunter und mein Auslauf wäre dann sehr eingeschränkt, denn das Freilaufgatter ist nicht sehr groß. Ich würde ihr dann schon einige Kratzer verpassen, wenn sie sich das wagen würde, warten wir es ab. Ich fühle mich auf den großen Balkon sehr wohl und wenn die Schlafzimmertür geöffnet ist, schleiche ich mich gerne mal hinein. Herrchen erwischt mich ausgerechnet immer dann, wenn ich auf seinem Bett liege. Jetzt legt Frauchen immer großes weißes Laken über die Betten, weil das hygienischer ist.

Komm ich ins Schlafzimmer, wenn mein Frauchen anwesend ist und ich sehnsüchtig auf die Betten schaue, sagt sie hopp, hopp, hopp und ich mache zwei Riesensätze über die Betten und lande auf dem kleinen Teppich davor, noch ein langer Satz und ich fliege förmlich durch die geöffnete Balkontür hinaus auf den Balkon. Frauchen findet das so lustig, dass sie herzhaft lacht und ich nehme das als Aufforderung es wieder zu tun. Zwei bis dreimal diese sportliche Leistung hinlegen, kostet Kraft und ich muss dann erst verschnaufen. Täglich ein paar Mal und ich brauche gar keine Wiese zum rennen und um mir mein Futter selbst zu suchen. Das bekomme ich auch ohne Arbeit serviert. Sind die Rosen (natürlich ungespritzt) in der Vase nicht mehr frisch, bekomme ich ein Schälchen mit Rosenblättern und Laub als kleine

Leckerei. Damit wurde Hector zu Lebzeiten auch immer verwöhnt.

Am Sonntagmorgen als Frauchen meine Stalltür öffnete, denn es war im April schon sehr warm in der Sonne, und auf dem Balkon gefrühstückt wurde, da machte sie riesengroße Augen und staunte nicht schlecht, ja ich würde sagen, sie vergaß sogar einen Moment den Mund wieder zu schließen, was ihr selten passierte und sie war total sprachlos. Dann rief sie Herrchen, er war gerade ins Zimmer gegangen, zurück und sagte schau dir „Das" mal an. Auch er war erstaunt und sagte, das kann ja gar nicht sein…. Ich habe die ganze Nacht und in den Morgenstunden gerackert und ein schönes Nest gebaut, das ich mit meiner weichen Wolle von meinem Bauch ausgepolstert habe, weil bald meine Babys und ich da wohnen werden. Ich habe alles Baumaterial von der rechten offenen Seite nach links in die geschützte Seite geschafft und mein Fell ausrupfen war auch gar nicht so leicht. Es hat ziemlich gepiekst und es schmerzt wie Haare ausreißen. Doch das Nest muss ja schön weich und warm sein, wenn meine kleinen Hasenkinder, die ja nackt geboren werden wie kleine Menschenkinder, das Licht der Welt erblicken. Um es in der Kinderstube richtig gemütlich zu machen, habe ich noch einiges zu tun.

Frauchen behauptet ich sei nur „scheinträchtig", da ich nicht geheiratet habe, weil ich ja gar keinen Mann habe. Jeden Tag füllt sie meine rechte Ecke mit frischer Streu und Stroh aus, weil ich in meiner Fürsorge auf dem blanken Blechboden schlafe. Doch alles neue Material nehme ich wieder zum Nestbau, damit für die kleinen Kaninchenkinder der Platz ausreicht. Frauchen meint ich passe ja selber kaum noch in die linke Seite des Stalles und fängt jetzt an, das Stroh zu klauen um es wieder auf die rechte Seite zu legen.

Soll sie nur, ich glaube das Vorhandene reicht auch aus.

Vor zwei Tagen hat Herrchen mich eingemauert, natürlich nicht mit Steinen, sondern mit Holz. Ich hatte den Eingang zu einer großen Höhle entdeckt, es war der Raum unter dem Kachelofen, den ich sofort inspizierte, was Herrchen aber nicht sah. Er war draußen um Holzscheite zu holen, mit denen er den Eingang wieder verschloss. Da es in der Höhle ja dunkel ist und ich schwarz bin, konnte er mich auch nicht sehen. Etwas später fragte Frauchen ihn, wo ist Sissi? Ich denke auf dem Balkon, antwortete Herrchen. Frauchen kam zurück mit den Worten, da ist sie nicht.

Jetzt ging die Suche los. Hinter den Gardinen und in jeder Ecke wo ich mich hätte verstecken können. Dabei weiß sie genau, wenn sie mich ruft, komme ich doch sofort. Jetzt geriet sie in Panik und fragte Herrchen mit ziemlich lauter Stimme, hast du vergessen die Haustür zu schließen??? Er antwortete, ich habe nur Holz hereingeholt. Sie schrie jetzt fast, in der Zeit kann sie schon dreimal rausgelaufen sein. Du darfst sie jetzt auch suchen. Ein leises Geräusch ließ sie aufhorchen, es war in ihrer Nähe im Zimmer. Sie begann sofort die Holzscheite aus der Öffnung zu bergen und siehe da, ich kam heraus. Sie beruhigte sich langsam und hat Herrchen zur Strafe noch eine Weile draußen suchen lassen.

Den Schreck, was sage ich, es war ein Riesenschrecken den ich gestern Abend bekommen habe. Ich dachte ich überlebe es nicht. Als Herrchen und Frauchen auf dem Balkon saßen, durfte ich auch noch herumstromern. Ich hoppelte den Balkon entlang, durch die geöffnete Balkontür ins Wohnzimmer, wo ich mich gerne auf den kühlen gekachelten Boden vor dem Kachelofen lege und an nichts Böses dachte.

Doch plötzlich stand ein riesengroßes schwarzes Ungeheuer dicht vor der Zimmertür und schaute in meine Richtung. Es konnte mich aber nicht klar erkennen, weil das Glas in der Tür nur durchscheinend ist. Ich schon, weil das Ungeheuer ganz nahe mit der Nase an der Glasscheibe war und ich den riesigen Kopf mit den großen Ohren sehen konnte. Dann senkte es den Kopf und schnüffelte an der Türritze am

Boden. Es hat mich gewittert. Ich war erstarrt vor Angst, konnte aber auch nicht das Weite suchen, weil ich glaubte es würde mich dann verfolgen. Lautlos rief ich um Hilfe, da ich aber weder bellen noch miauen kann, blieb mein Flehen ungehört. Ich wusste ja nicht, dass die Wohnzimmertür zur Diele abgeschlossen war und mir gar nichts hätte geschehen können. Das Ungeheuer entpuppte sich später als Neufundländer-Mischlingshund von den Urlaubsgästen, die ausgegangen waren und er in der Diele auf seine Leute gewartet hat.

Da er auch Türen öffnen kann, war die Vorsichtsmaßnahme die Tür zu verschließen mein Glück. Sonst hätte meine Erzählung hier wohl ein trauriges Ende gefunden.

Neulich abends war ich aber richtig böse geworden. Frauchen kam mit frischem Löwenzahn der für mich gedacht war, als sie aber rückwärts aus der Balkontür trat hat sie nicht gesehen, dass ich in diesem Moment ins Schlafzimmer wollte. Sie schloss die Tür und mein rechtes Pfötchen war kurz eingeklemmt. Ich rannte schnellstens unter mein Dach in Sicherheit und tat mir selber leid. Als sie mir den Löwenzahn auch noch vor meine Nase hielt, habe ich mit beiden Pfoten draufgehauen. Es tat mir sehr weh, so habe ich mich gewehrt und Frauchen ließ verdutzt den Löwenzahn fallen. Später habe ich ihn mir natürlich schmecken lassen.

Bei ihr stieg gleich der Adrenalinspiegel, weil sie befürchtet hat, dass ich ernsthaft verletzt worden war und zum Tierarzt müsse. Als ich einige Zeit später wieder herum hüpfte, fiel ihr wohl der berühmte Stein vom Herzen. Soll sie demnächst doch besser aufpassen.

Ach ja, wenn ich wütend bin, werfe ich auch schon mal mit meinen Futternäpfchen in meinem Heim umher. Vor allen Dingen, wenn sie leer sind und ich frische Futter haben will.

Kürzlich haben es meine menschlichen Eltern nicht geschafft, mich zur Nacht in meinem Heim einzusperren, obwohl mir der Duft von frischem Heu, Möhren und Löwenzahn verlockend in mein Näschen stieg. Da es fast Mitternacht war, haben sie aufgegeben und haben sich schlafen gelegt. So verbrachte ich die ganze Nacht im Freien. Als der Morgen dämmerte wollte ich ins Schlafzimmer, ich habe an der Türscheibe gekratzt aber sie haben mich zur Strafe nicht hineingelassen. Ich langweilte mich aber und war später eine Weile beleidigt und mein Frauchen lachte über mich.

Zwei Tage war es sehr heiß, deshalb durfte ich mich auch ohne Aufsicht im Haus frei bewegen, dort war es angenehm kühl. Frauchen weiß, wenn das Thermometer über 25 Grad anzeigt, hat ein Kaninchen Hitzestress und soll in einen kühlen Raum gebracht werden.

Herrchen ging noch einen Schritt weiter. Er hielt mir die Wasserflasche an meine kleine Schnute und ließ mich trinken, noch ein leichter Druck auf die Flasche und das Wasser kam heraus, so dass ich nur meine Zunge hinhalten brauchte um meinen Durst zu löschen. Doch das Schönste war, ich musste nicht über Nacht in meinem Heim schlafen, da morgens die Sonne darauf scheint und es mir zu heiß werden könnte. Nach der schönen Freiheit wurde es leider wieder kalt und ich musste nachts wieder in den Stall. Das wollte ich aber gar nicht und darum nimmt mein gewitztes Frauchen nimmt mir am späteren Nachmittag jetzt das ganze Futter fort, mit den Worten: wenn Du Hunger hast, wirst Du schon in deinen Stall springen.

Dort hat sie dann duftende Rosenblätter, klein geschnittene rote Rüben, frischen Löwenzahn, duftendes Heu und mein Mischfutter, obenauf noch etwas frische Petersilie für mich bereitgestellt. Bei so einem verlockenden bunten Abendbuffet kann ich nicht nein denken und Schwups bin ich in mein Heim gehüpft und lasse es mir schmecken. Ganz hurtig hat Frauchen die Stalltür hinter mir geschlossen und ich sitze in der Falle, wie eine Maus die den Käse stehlen wollte.

Meine Gefangenschaft währt aber nur bis zum anderen morgen und so mache ich es mir gesättigt, bequem. Frauchen beabsichtigt in den nächsten Tagen eine kleine Häsin zu kaufen, sie will dann ihre Enkelin Lisa-Marie mitnehmen, die dann eine kleine Gefährtin für mich aussuchen darf. Das wird ja was werden, wissen die überhaupt ob ich das möchte, oder spiele ich dann nur noch die zweite Geige?? Herrchen ist sehr skeptisch ob das überhaupt gut geht und wenn nicht? Doch mein Frauchen ist zuversichtlich, da ich noch nie gebissen habe und meinen Teddy (mein Weihnachtsgeschenk) neben mir dulde.

Oft lege ich mich sogar neben ihn und halte Siesta. Doch der Kauf ist beschlossene Sache, also schauen wir mal. Doch Frauchen überlegt im Stillen, was wird, wenn ich das kleine Häschen nicht dulde? Dann ist guter Rat „teuer". Dann muss eben ein zweiter Stall her.

Nun ist es geschehen. Frauchen und die Enkelin Lisa-Marie haben am Samstag eine kleine Häsin gekauft, damit ich

nicht so viel allein bin. Sie ist das Gegenteil von mir, nämlich weiß.
Ich weiß nicht ob ich mich darüber freuen soll oder nicht. Jedenfalls haben wir uns schon gründlich beschnuppert und dann wurde die Kleine, sie heißt „Lala" in mein Kaninchenheim gesetzt und ich stand jetzt davor, wie der" Ochse vorm Berg". Die Tür wurde geschlossen, was mir ja gar nicht passte. Obwohl ich mehrmals abends nicht in meinem Heim schlafen wollte muss ich ja nicht ab jetzt jede Nacht im Freien verbringen. Frauchen versucht natürlich, dass wir uns aneinander gewöhnen und dann miteinander in Frieden leben. Aber so einfach mache ich es ihr nicht. Jeden Tag kommt Lala in einen kleinen Laufstall und wir beschnuppern uns durch die Gitterstäbe. Danach springe ich in mein Heim und schau nach dem Rechten. Außer Heu kein Futter, das hat Lala dann in ihrem Laufstall.

Sie bekommt nämlich noch Babyfutter aus der Zoohandlung. Sie ist schon ganz schön verfressen, und frisst schon genau so viele Möhren wie ich. Ebenso liebt sie die frische Petersilie wie ich auch. Frauchen hofft natürlich, dass wir mein Heim in der nächsten Zeit nachts gemeinsam bewohnen können. So leicht kommt sie mir aber nicht davon und ich sann auf Rache. Da jeden Abend der Stall mit einem Tuch zugehängt wird um Lala vor dem kalten Nachtwind zu schützen, es gibt leider noch keine warmen Sommernächte wie im letzten Jahr als Hector wochenlang im Freien leben durfte.

Morgens wird das Tuch wieder
abgenommen und mein Frauchen traute
ihren Augen nicht, als sie die
„Bescherung" sah. Ich hatte nämlich die
ganze Nacht, wenn ich mal „musste"
meine „Hinterlassenschaft" auf das Dach
des Stalles abgelegt. Aber nicht nur das,
auch vor und unter dem Stall gab es
Einiges was nicht dahin gehörte. Zwei
Nächte hinter einander habe ich, was ich
bis dahin noch nie geschafft habe, das

ganze Heu aus meinem Körbchen aus Frust aufgefuttert.

Frauchen verdächtigt mich nun, dass ich extra so viel futtere, damit ich auch ja viele Häufchen verteilen kann. Ich äußere mich nicht dazu, aber im Stillen bin ich schadenfroh, so sieht sie, dass ich auch noch da bin. Aber um gerecht zu sein, werde ich genau so viel gestreichelt wie vorher, Lala natürlich auch. Gestern hat Frauchen Lala aufs Bett gesetzt und ich kam dazu, sie wollte sehen ob wir zwei uns schon vertragen. Ich habe die Kleine erst mal gejagt und bin dann auf sie gesprungen, sie war unter mir kaum noch zu sehen. Frauchen hat mit mir geschimpft, kann ich ja verstehen, ich könnte ihr ja wehtun. So beschnüffeln wir uns dann ein paar Mal und danach suche ich mir auch ein kuscheliges Plätzchen auf dem ich es mir bequem mache. Wir verbringen dann unsere Zeit mit futtern und dösen. Wenn mein Frauchen morgens nach dem Frühstück oder abends auch wenn es schon fast dunkel ist ins Schlafzimmer kommt, und ich sitze an ihrem Fußende auf dem Bett, dann weiß sie genau, dass ich meine

Streicheleinheiten von ihr haben möchte. Ich habe nicht vergeblich gewartet und sie beugt sich zu mir und küsst mich auf mein Köpfchen, dann spüre ich wirklich ihre Liebe zu mir und brauche mich nicht zu grämen, dass sie nur noch Lala lieben könnte.

Sie hat ein großes Herz für Tiere. Täglich werden Lala und ich für eine Weile aufs Frauchen abgedecktes Bett gesetzt, das heißt Lala wird draufgesetzt und ich springe natürlich hinauf.

Nach dem beschnuppern stupse ich Lala zärtlich an und die Kleine bleibt schüchtern sitzen. Dann werde ich frech und springe auf sie drauf, worauf Frauchen laut sagt nein Sissi und ich bekommen einen kleinen Klaps hinten vor. Sie sagt du bist doch keine „stierige Kuh" also benimm dich.

Lisa- Marie vermutet, dass Sissi vielleicht doch ein Junge ist. Es kann aber nicht sein, denn sie hatte ja schon einmal ein Nest gebaut und mit ihren Haaren ausgepolstert. Sie sagt, aber bei ihrer Freundin springen nur die Kaninchenjungen auf die Häsinnen.

Der Sommer ist leider nur ein „warmer Winter" und kein „Ferienwetter" sagt Frauchen und weil bei diesem Wetter keine Lust auf wandern aufkommen will, bleiben sie und Lisa-Marie lieber zuhause.

Lisa- Marie drängt dann ihre Oma noch eine Tiergeschichte zu erzählen und Frauchen kramt in ihren Erinnerungen und siehe da, es gibt wirklich noch eine schöne Geschichte. Aber die ist schon sehr lange her, egal sagt Lisa-Marie, erzähl mal.

Als Frauchens Tochter noch zur Schule ging, kam sie eines Tages mit einem winzigen Kätzchen auf dem Arm nach hause, sie hat es von ihrer Freundin bekommen. Sie bat es behalten zu dürfen, sonst würde es ertränkt. Da gab es kein zögern, das Kätzchen durfte bleiben. Es wurde dann „Susu" genannt. So wurde „Susu" ein Mitglied der Familie und von allen geliebt. Der kleine Bruder wollte aber mal testen, ob Katzen schwimmen können.

Er ließ heimlich Wasser in die Duschtasse laufen und setzte das kleine Kätzchen hinein, welches dann in panischer Angst hinaussprang und fortlief. Der Sohn bekam eine Strafpredigt gehalten und fortan ließ er Susu in Ruhe. Sie wuchs heran und war auch sofort stubenrein. Sie schleckte gerne Quark und liebte Käse über alles. Frauchen brauchte nur flüstern, Susu Käse, sofort stand sie vor dem Kühlschrank um ihr Käseeckchen zu bekommen.

Doch eines Tages kam Susu abends nicht nach Hause, sie war verschwunden. Am anderen Morgen war sie immer noch nicht zurück. Frauchen machte sich große Sorgen und rief in der Nachbarschaft an, ob ein Kätzchen zugelaufen ist oder vielleicht tot am Straßenrand liegt. Nichts dergleichen. Dann klingelte ein Kind an der Tür und sagte auf einer großen Fichte am Waldesrand sitzt eine Katze die nur noch leise miauen kann. Das musste Susu sein. Frauchen rannte gleich mit einer Tüte Futter hin. Ja es war wirklich Susu, die nur noch ganz leise wimmerte. Sie war noch zu klein, um zu wissen, dass sie rückwärts vom Baum hinuntermusste. Zum Glück waren weiter unten am Baum dicke Äste und Frauchen stellte sich unter einen Ast und rappelte mit der

Futtertüte, so lockte sie ihr Kätzchen immer weiter hinunter.

Dann, unter einen dünnen Ast einer Hainbuche und Susu folgte ihr und sprang in das Geäst wo Frauchen sie auffing. Gerade als sie die Kleine in ihre warme Jacke geborgen hielt, kam die Polizei und sagte, dass es einen Anruf gab sie sollten eine Katze, die nicht vom Baum runter konnte, erschießen. Frauchen zeigte das gerettete Tier und der Beamte fuhr mit den Worten, dein Freund und Helfer, wieder fort. Die Anruferin kam aus dem Haus und sagte, sie hätte das Wimmern nicht mehr ertragen. Sie wollte, dass die arme Katze erlöst wird. Das war ja noch mal gut gegangen. Eines Abends polterte es im Stall und als Frauchen nachsah, hockte die dumme Lala in der Heuraufe fest und musste befreit werden. Doch von Tag zu Tag wird sie größer und mutiger. Sie verlässt ihr Heim schon alleine über die Treppe und krabbelt mit Mühe auch wieder hinein. Später hoppeln wir um die Wette über den Balkon und im Schlafzimmer bis wir eine Verschnaufpause brauchen. Sie futtert und trinkt mit mir gemeinsam aus meinen Näpfen, denn ihre stehen im Stall. Sie springt herum und schlägt Haken wie ein „alter" Hase.

Ich freue mich sehr über ihre Gesellschaft und wir verbringen fast den ganzen Tag gemeinsam. Sie muss auch nicht mehr in den kleinen Laufstall. Nur nachts müssen wir noch getrennt schlafen, sonst hat Frauchen keine Ruhe. Jetzt waren wir schon einmal gemeinsam in unserem Heim, Herrchen meint er müsste aber anbauen, für uns Zwei. Sonst könnte es schon ein bisschen eng werden, wenn wir uns länger darin aufhalten, denn Lala wächst ja noch. Im Moment dürfen wir den ganzen Tag im Freien sein, weil es mal nicht regnet. Eben hat Frauchen Lala erwischt, als sie im großen Blumentopf sitzend am Stamm vom Tomatenstrauch knabberte und sie hat geschimpft. Jetzt muss Herrchen alle Tomatenstämme umwickeln, bevor sie durchgenagt sind. Mit mir war Frauchen auch böse, ich habe jetzt an zwei ihrer guten Handtaschen die Henkel angeknabbert, sie sagt es ist nichts mehr sicher vor den Beiden. Wenn ich mal ohne Lala eine kleine Weile allein sein möchte, springe ich aufs Bett und sie schaut hoch zu mir, traut sich aber noch nicht das Gleiche zu tun. Doch das ist nur eine Frage von ein paar Tagen, dann schafft sie es auch, da bin ich mir sicher. Ich war krank, habe in der Nacht und am anderen morgen kein Futter angenommen und als Frauchen mich rief, habe ich gar nicht reagiert. Sie war furchtbar erschrocken, als sie mich so apathisch liegen sah und dachte sofort an den armen Hector, der auch kein Futter mehr aufnehmen wollte, denn er hatte etwas Unverdauliches im Magen.

Lala hat sich zu mir gesellt und sich neben mich gelegt, doch ich habe sie nicht beachtet. Nach einer Weile hoppelte sie fort und ich war mit meinen Bauchschmerzen allein. Frauchen hat sofort den Tierarzt angerufen und für nachmittags einen Termin gemacht. Doch am späten Mittag besserte sich mein Zustand und ich begann etwas zu futtern. Es ging mir von Stunde zu Stunde besser.

Ich hatte Glück, dass es mir wieder soweit gut ging und Frauchen wollte erst mal abwarten, ob ich ohne Tierarzt wieder ganz gesund werde.

Zum Glück hat sie mir den Stress erspart zum Doktor zu müssen und ich genas sehr schnell. Hurra Lala kann jetzt auch aufs Bett springen und weil es ihr solchen Spaß macht, springt sie nur noch rauf und runter.

Wir Zwei jagen uns gegenseitig durch die Betten und Frauchen runzelt immer öfter die Stirn und fragt sich, ob das nötig ist. Nun bin ich wieder „hitzig" geworden und springe immer wieder auf Lala, was Frauchen gar nicht mag. Doch Lala ist durch meine Annäherungen wohl auch „hitzig" geworden und sie springt jetzt auch auf mich, aber so stürmisch, dass sie mir sie Wolle von meinem Rücken reißt.

Frauchen ist es jetzt leid und hat uns aus dem Schlafzimmer verbannt, mit den Worten, tobt euch draußen aus, bis ihr wieder normal seid ist das Schlafzimmer für euch tabu.

Sie befragte einen Züchter, der ihr sagte das sei normal, dass die Häsinnen sich so verhalten und in ein paar Tagen wieder normal mit einander umgehen. Wenn wir zwei friedlich so Fell an Fell beieinander liegen, lege ich meinen Kopf auf die Vorderpfoten in der Hoffnung, dass Lala mich auch mal beknabbert, aber sie kapiert es noch nicht, obwohl ich es ihr immer wieder vormache und sie genießt ja auch von mir beknabbert zu werden. Es geschehen noch Zeichen und Wunder, Lala knabbert endlich an meinem Kopf und Ohren. Ich muss wohl Geduld mit ihr haben sie ist ja noch ein Kind und dazu ein sehr verfressenes. Klaut die mir tatsächlich das Löwerzahnblatt aus dem Mund und ich musste mir ein neues auflesen.

Wir haben ein zweites Kaninchenheim bekommen, jetzt hat jedes Eines. Als ich es inspizieren wollte, war doch der blöde Teddy, mein Weihnachtsgeschenk, schon vor mir drin. Ich habe ihn gleich an den Ohren gepackt und in eine Ecke befördert.

Ich soll jetzt die Nächte im Stall verbringen, entweder allein oder mit Lala. So richtig gemütlich ist es ja draußen auch nicht mehr, wenn ich alleine herum hocke und Lala träumt schön in meinem Stall und der Neue steht leer. Wenn Frauchen abends ruft „Leckerli" springt die verfressene Lala gleich in den Stall, dreimal bin ich sofort nachgesprungen und eher ich mich versah, war die Tür verschlossen. Der Tisch war aber schon gedeckt und wir legten gleich los, um uns das Wams voll zu schlagen. Durchs Gitter wurde noch zusätzlich das eine und andere Leckerli gereicht, wohl damit wir uns freuen mal wieder eingesperrt zu sein. Wenn Lala in den Stall springt und ich noch etwas draußen bleiben möchte, wird mir die Stalltür vor der Nase zu gesperrt und Lala mampft alles allein.

Ich stehe dann vor der Wahl entweder draußen zu hungern oder in den neuen Stall zu springen in dem mein Abendbrot duftet. Frauchen hat trickreich auf mein Futter etwas Petersilie und ein paar duftende Basilikumblätter gelegt, denn sie weiß, dass ich dann nicht widerstehen kann und hurtig hineinspringe. Ich würde ja lieber neben Lala schlafen, da aber noch der olle Teddy im Stall liegt, nehme ich mit ihm vorlieb und kuschele mich an ihn, ich nehme dann in Kauf, dass er mich nicht beknabbert, dafür macht Lala es am Morgen und so ist unsere kleine Welt wieder in Ordnung.

Wir Zwei machen im Moment so viel dumme Sachen, dass Frauchen erwägt nun uns nicht mehr ins Schlafzimmer zu lassen. Wenn die Bettdecken gelüftet werden, sind wir schon mal gerne auf Bett gesprungen, bevor die Laken zum Schutz darübergelegt wurden. Da haben wir munter etliche Löcher in die Spannbettlaken geknabbert, sehr zu Frauchens Verdruss. Zweimal lag nun auf dem Balkon eine halbe geknabberte grüne Tomate. Doch wer ist er Dieb? Frauchen wollte es herausfinden und so hat sie abends, wenn wir in getrennten Ställen sind, jeder eine reife halbe Tomate gelegt.

Heute Morgen hat sie dann gesehen wer der Tomatendieb ist. Natürlich Lala, ich habe nur probiert und der Rest lag bei meinen Möhrchen.

Frauchen hat uns zwei Stück hartes getrocknetes dunkles Brot angeboten und Lala hat sich gleich das große Stück geschnappt und sich damit vor mir in Sicherheit gebracht. Sie kann den Hals einfach nicht vollkriegen, genauso schnappt sie mir immer den schönen Löwenzahn vor der Nase weg, aber noch schlimmer sie reißt ihn mir sogar aus dem Mund.

Herrchen hat Frauchen auf den Balkon gerufen, um ihr die Bescherung zu zeigen, er hat sich über die welken Blätter an einer Tomatenpflanze gewundert, obwohl noch Wasser im Untersetzer ist. Dann sah Frauchen, dass die Tomatenpflanze an der Spirale in der Luft hing. Der Stamm war total durchgenagt. Ich wette, dass war auch Lala die trotz des Schutzes es geschafft hat, den ganzen Stamm in zwei Teile zu zerknabbern. Frauchen will uns aber nicht den ganzen Tag einsperren, sie sagt es reicht, wenn wir nachts im Stall sein müssen. Sonst fühlt sie sich dann auch eingesperrt. Frauchen und Herrchen planen schon, wo wir den Winter verbringen sollen. Es wird wohl das große Dachgeschoss Zimmer sein. Uns zwei im Wohnzimmer überwintern zu lassen ist unmöglich, wo Frauchen jetzt schon zweimal täglich den Balkon fegen muss. Sie sagt wir machen ihr mehr Arbeit als kleine Kinder, die ihre Spielsachen herum liegen lassen, weil wir auch das Stroh und Heu auf dem Boden verteilen.

Frauchen sagt mit einem lachenden und einem weinenden Auge, ich brauche sie nicht mehr für ihre Streicheleinheiten, ich hätte ja jetzt Lala, die mir ihre Zuneigung zeigt und mich liebevoll beknabbert. Ebenso zeige ich Lala, wie lieb ich sie habe. Es hat sowieso

eine ganze Weile gedauert, bis sie begriffen hat, dass ich wie sie beknabbert werden möchte.

Trotzdem, wenn Frauchen sich ans Fußende ihres Bettes setzt hüpfe ich zu ihr und lasse mich streicheln, dann kommt Lala hinzu und schaut sich neugierig das Treiben an. Wenn wir beide ganz entspannt herum liegen und

Frauchen kommt ins Zimmer, erschrickt Lala und flüchtet sich zu mir und sucht bei mir Schutz. Sie hält mich sicher für ihre große Schwester bei der sie Zuflucht findet. Doch allmählich müsste sie kapiert haben, dass ihr keine Gefahr droht. Sie steckt mich schon richtig mit ihrer Schreckhaftigkeit an. Doch nun spinnt sie total, sie sammelt Stroh in ihrer kleinen Schnute in ihrem Stall und bringt es ans andere Ende des Balkons, wo sie es auf einer kleinen Decke ablegt. Sie will doch da wohl kein Nest bauen? Wind und Regen würden davon nicht viel übriglassen. Ein Nest baut ein Kaninchen im Stall in einer geschützten Ecke. Na ja, sie ist ja noch jung und unerfahren. Oh je, jetzt rennt sie mit einem kleinen Bündel Stroh durch die Wohnung, es sieht aus als hätte sie einen blonden Schnurrbart. Wenn sie das Stroh nicht bald ablegt, bekommt sie womöglich eine Kiefersperre und was dann? Es gibt für Kaninchen keinen Zahnarzt. Ich hatte ja auch schon einmal geglaubt, ich bekomme kleine Hasenkinder, doch ich habe das Nest in meinem Kaninchenheim gebaut, wo es hingehört und geschützt ist. Jetzt hat sie doch tatsächlich das kleine Strohbündel unter einer kleinen Kommode direkt neben der Haustür abgelegt! Ist die blöd, viel fressen aber nichts in der Birne.

Gestern sind wir in unser Winterquartier gebracht worden. Wir wurden mit samt unserem Heim ein Stockwerk höher getragen. Es war ja auch anders nicht möglich, denn wir hätten uns ja nicht einfangen lassen. Durch die Schräglage bei unserem Transport rutschten wir beide von Steuerbord nach Backbord und dann wieder zur Mitte. Ohne Unfall, welch ein Glück, kamen wir in unserem Winterquartier an. Auf dem Fußboden wurde ein pflegeleichter Filzteppich gelegt und unsere Ställe wurden über Eck hingestellt. Dann wurden wir zwei tatsächlich eingezäunt und wir hatten maximal acht Quadratmeter für unseren Bewegungsdrang. Viel zu wenig und wir zerrten dann auch gleich vor Protest an der Umzäunung, Lala gab schnell auf und fing natürlich gleich wieder an zum futtern. Sie sieht das alles sehr gelassen, weil sie ja nur auf dem Balkon ihre Kindheit verbracht hat. Ich sehe sofort was es alles in einem großen Zimmer zu entdecken gibt.

Ich habe ja die ersten sechs Monate im großen Wohnzimmer meiner Pflegeltern verbringen dürfen. Doch dort ist für uns der Zutritt verboten, weil wir zu viel Schaden anrichten würden. Kann ich auch verstehen.

Wir sind in einem riesengroßen hellen Zimmer untergebracht, doch was nutzt uns die schöne Aussicht hinter einem Drahtzaun? Gar nichts.

Am nächsten Morgen konnte Frauchen sehen, was wir angestellt haben. Wir haben jeden Quadratzentimeter auf dem Boden voll mit unserer Hinterlassenschaft dekoriert, das war vielleicht ein Anblick.

Sie war erwartungsgemäß richtig sauer und hat mit uns geschimpft. Über eine halbe Stunde brauchte sie, um alles wieder ins Reine zu bringen. Sie hat ein Türchen in unserem Zaun geöffnet und gesagt: dann haut doch ab. Bei dem „Belag" konnte sie in unserer Gegenwart ja nichts machen, weil sie kaum eine Stelle fand wo sie ihre Füße hinsetzen konnte. Hurra jetzt können wir auf Entdeckungsreise gehen.

Seit vier Nächten hat sie morgens immer die gleiche Bescherung, wenn sie dann unser Gehege reinigt babbelt sie vor sich hin; ne ne, so was lebt und Schiller musste sterben. Wer war denn nun schon wieder „Schiller" Vielleicht auch ein Hase??

Dann fragt sie uns, ob das jetzt immer so weiter gehen soll. Wir bleiben ihr die Antwort natürlich schuldig, was sonst. Der Schwager meinte wir würden unser Gehege sicher markieren! Schauen wir mal wie es weiter geht. Gestern Morgen hatten wir „Zwei" wieder eine Überraschung für Frauchen. Wir haben es geschafft, von unserem Zaun drei zusammenhängende Elemente um 90 Grad ins Zimmer hinein zu schieben, das war ein 150 cm langes Stück Zaun. Wir waren stolz auf unser Werk. Frauchen natürlich nicht, was sonst. Heute hat Lala dem Fass die Krone aufgesetzt, sie hat es geschafft ein handgroßes Loch in eine Matratze, (es stehen zwei Betten im Zimmer) zu reißen und zwei Hände voll

Schaumstoffstückchen heraus zu ziehen. Da war Frauchen wieder sauer. Sie sagt, was soll ich nur mit euch Beiden anfangen, ihr ruiniert noch das ganze Haus. Da hat sie aber mächtig übertrieben. Sie macht sich aber Sorgen, wir könnten von allem was wir so knabbern krank werden. Heute hat sie Lala zweimal auf der kleinen Toilette wie sie ihr „Geschäft" macht, gesehen. Jetzt stehe ich Verdacht, dass nur ich das Ferkel bin, das alles verunreinigt. Ich muss gestehen, dass die Kleine auch den Stall aufsucht um ihr Geschäft zu machen. Ich markiere erst mal weiter, dann hat Frauchen auch was zu tun, lass sie doch maulen. Sie sagt beim eintreten, wenn sie das Gehege sieht, „und täglich grüßt das Murmeltier". Dann holt sie tief Luft und tritt an zum Reinemachen. Ein Murmeltier ist aber nicht in unserem Gehege.

Ich lach mich schief. Lala hat in ihrem Stall ein Nest gebaut und sie reißt sich die Wolle aus wo es nur geht. Sie wird sich wundern, wenn gar keine Hasenkinder kommen. Ich muss gestehen, ich war ja auch einmal so dumm zu glauben ich bekäme kleine Hasenkinder und habe das Gleiche wie sie gemacht. Heute Morgen hat Herrchen den Stall ausgemistet mit samt der Wolle von Lala und ihn gründlich gereinigt und frische Streu und Stroh hineingetan. Mal sehen, ob Lala sich die Arbeit noch einmal macht, oder ob sie kapiert, dass es vergebliche Mühe ist.

Heute hat Frauchen einen neuen Schaden entdeckt. Lala hat die Auflage von der Relax Liege angeknabbert und eine Handvoll von der Polsterwatte rausgerissen. Sie sagt, wenn das so weiter geht bekommt sie noch „Hörner". Mal sehen, wie sie dann aussieht, ich habe noch keinen Menschen mit „Hörnern" gesehen. Da außer unserem Gehege das Zimmer sehr groß ist und nicht von meinen Menschen bewohnt wird, stehen dort einige Möbel und Gegenstände

herum, die zum Knabbern einladen. Oft sitzen oder liegen wir auf dem Bett am Fenster und schauen hinaus in die Freiheit, denn die Fenster reichen bis zum Boden, so dass wir auch vom Fußboden aus hinaussehen können. Frauchen bedauert sehr, dass ich diesen

Winter nicht im Wohnzimmer verbringen darf, Sie vermisst mich jetzt schon sehr. Mit Lala ist es sowieso unmöglich. Sie hat nämlich auch schon den Schlafzimmerschrank angeknabbert. Hat Herrchen zum Glück noch nicht gesehen, doch Frauchen mit ihren Adleraugen bleibt nichts verborgen.

Jetzt hat Frauchen uns einen großen Strich durch die Rechnung gemacht. Sie bat Herrchen die Betten abzubauen, weil wir die Matratzen sehr schlimm beschädigt haben. Die kommen jetzt zum Sperrmüll. Sie sagt, ihr habt genug zu knabbern muss es denn ausgerechnet etwas aus Textil sein? Sie hat ja Recht, wir haben ja Äste, die wir beknabbern können und gesünder ist das sowieso. Da es schon so früh dunkel wird, es ist schon Dezember, macht Frauchen nachmittags zwei Lampen an, so können wir noch eine Weile länger im Raum herumtoben. Dann wird auch unser Gehege geschlossen, damit wir am frühen Abend richtig Hunger haben und freiwillig dort hinein hüpfen um ordentlich zu futtern. Jetzt stehen zwei Kleintier Transportkisten im Zimmer, schön mit Streu und Heu ausgepolstert und wenn wir Lust haben können wir uns schön hinein kuscheln. Nachdem uns die Betten genommen wurden, wussten wir zwei erst gar nicht wo wir uns aufhalten sollten. Das Zimmer war ohne die Betten riesig groß und wir kamen uns sehr verloren vor. Frauchen sagt es sind ja auch sieben und dreißig Quadratmeter.

Sie stellte einen Wäsche Trockenständer hinein und legte eine Decke darüber um uns ein wenig das Gefühl der Geborgenheit zu geben. Wir haben aber eine andere Lösung für unseren Verbleib tagsüber gefunden.

Da wir zuerst verloren vor dem Kleiderschrank gehockt haben und die riesengroße Fläche vor uns hatten, musste ich mir was überlegen. Gedacht, getan. Die Decken und Kopfkissen von den Betten wurden in einen großen Karton eingelagert und der Rest in einen kleineren Karton davorgestellt. Über den großen Karton wurde aus Platzmangel noch eine weiche Decke gelegt.

Ich brauchte nicht lange überlegen
und hops bin ich vom kleineren Karton auf den Großen gehüpft. Als Lala mich dort oben entdeckte, folgte sie mir auf demselben Weg und kuschelte sich an mich. So haben wir jetzt einen herrlich warmen „Hochsitz" von dem wir eine tolle Aussicht haben. Wenn Frauchen ins Zimmer kommt und uns auf der faulen Haut liegen sieht, kommt sie immer mit einem Leckerli zu uns beiden. Wenn wir dann mit knabbern beschäftigt sind, lassen wir uns auch von ihr streicheln. Wir wollen ja nicht undankbar sein.
Nun ist schon wieder Weihnachten, zum zweiten Mal in meinem jungen Leben.

Wir taten Frauchen leid, allein oben im Zimmer, warum eigentlich? Wir Kaninchen brauchen keinen geschmückten Weihnachtsbaum, der sollte den Menschen vorbehalten bleiben. Ich weiß ja wonach die Zweige schmecken, ich habe im vergangenen Jahr genügend Äste heimlich abgeknabbert. Und einen zweiten Teddy brauch ich schon gar nicht. Aber Lala und ich sollten dann doch nicht ganz leer ausgehen. Frauchen hat unser Fabrikfutter grob zerkleinert, Haferflocken etwas Wasser und ein paar Tropfen gutes Öl hinzugegeben und daraus einen Teig gemacht. Aus dem Teig hat sie uns Plätzchen gebacken, die schön knusprig waren und gut schmeckten.

Frauchen hatte mal wieder Grund mit uns zu schimpfen. Wir haben ihren Nähkorb, der ja nur drei Beine hat, aus Versehen umgeworfen. Der ganze Inhalt lag verstreut auf dem Boden. Sie musste alles wieder einsortieren, dabei fluchte sie wie ein Pferdeknecht, was wir gar nicht verstehen konnten. Sie rauschte aus dem Zimmer ohne uns ein Leckerli zu geben. Damit wollte sie uns bestrafen, aber wir haben es doch nicht absichtlich getan. Wir sind herumgerannt und haben verstecken gespielt, dabei ist es eben passiert. Leider konnten wir ihr das nicht sagen.

Schon wieder steht neuer Ärger ins Haus. Den dicken Vorhang rechts und links von den großen Fenstern haben wir am unteren Saum durchgenagt und das darin befindliche Blei Band in Stücke zerlegt. So fand Frauchen es heute vor als sie den Fußboden reinigen wollte. Sie hat geschimpft wie ein Rohrspatz und umgehend die Vorhänge so hoch gesichert, dass sie für uns jetzt unerreichbar sind. Das macht uns nichts aus, wir finden sicher etwas anderes, dass wir zerlegen können. Sie hat ja einige dünne Äste für uns auf dem Boden verteilt, doch die sind langweilig geworden.

Als die große Kälte alles im Griff hatte, war unser Frauchen besorgt, dass es uns im Zimmer auf dem Teppichboden, wenn wir mal dort herumsaßen, zu kalt werden könnte. Der Fußboden ist aus Beton und sicher kälter als ein Holzboden. So legte sie für uns eine Steppdecke aus

Schurwolle auf den Boden. Lala kroch immer darunter, denn sie versteckt sich so gerne. Eines Tages, ihr war wohl langweilig, da hat sie eine neue Beschäftigung gefunden. Frauchen wunderte sich, als die feinen weißen Wollbällchen auf dem Fußboden herum lagen und sie schaute, nichts Gutes ahnend unter die Decke und sah die Bescherung. Sie sagt zu uns, dass es Zeit wird, dass der Frühling kommt und wir wieder auf den Balkon können. Lala hat von unten die Decke zerfetzt und die Wollfüllung herausgezogen.

Nun gibt es keine Höhle mehr, doch Frauchens Gutmütigkeit blieb uns erhalten. Sie war sich nicht sicher, als die große Kälte anhielt und sie nicht kontrollieren konnte, ob wir in der Nacht in unseren Ställen auf dem warmen Stroh schlafen würden, hat Sie zur Vorsicht auf den doppelten Teppichboden noch eine kuschelige Wolldecke gelegt. Darauf verbringen wir gerne unsere Zeit, wenn wir im Gehege sind. Nur eines ist blöd, jeden Tag wenn sie unser Gehege reinigt, schüttelt sie auch unsere Decke aus, nur weil ein paar trockene Köttelchen von uns darauf liegen. Nach der Reinigung wird die Decke wieder hingelegt. Ich habe dann immer die Arbeit, mit meinem Kopf und Pfötchen die Decke wieder so wie ich es möchte, her zu richten.

Au weia, Frauchen sagt, jetzt platzt mir der Kragen. Sie hat mich auf frischer Tat erwischt, als ich genüsslich die Zimmertür anknabberte. Normalerweise hat sie immer zuerst Lala in Verdacht, doch jetzt hat sie gesehen, dass ich auch nicht besser bin. Sie sagt, ich schmeiß euch bald raus, dann könnt ihr auf dem Balkon sehen, wie ihr euch die Zeit vertreibt.

Macht sie ja doch nicht. Sie will aber Senf unten auf die Tür kante streichen solange wir noch im Zimmer wohnen.

Wir freuen uns schon auf den Umzug auf den Balkon, dann gibt es wieder Löwenzahn, der wunderbar lecker ist und auf die Rosenblätter die Frauchen uns gibt. Wir bekommen im Winter keine Rosenblätter, weil sie gespritzt und daher ungesund für Kaninchen sind.

Ich kann mir jetzt schon vorstellen, wie Lala sich auf diese Leckereien stürzt. Sie ist so was von verfressen, dass Frauchen sagt, die frisst so viel wie ein

„Scheunendrescher" (Kenne ich nicht) Manchmal sagt sie auch zu Herrchen, die fressen uns noch die Haare vom Kopf. In Wirklichkeit ist sie froh, dass es uns schmeckt. Sie kontrolliert auch täglich unsere Augen und Näschen und wie wir uns verhalten, damit sie sehen kann, dass wir gesund sind. Sie beäugt auch genau unsere Hinterlassenschaft, ob mit unserer Verdauung alles in Ordnung ist. Täglich gibt es zwei Schalen gewürfelte Möhren und Äpfel damit sind wir mit Vitaminen versorgt.

Seit ein paar Tagen fehlen die Apfelstücke zwischen unseren Möhren. Was ist passiert? Gibt es keine Äpfel mehr? Nur Möhren wollen wir zwei aber nicht und wir weigern uns, nur noch Möhren zu fressen. Aha, Frauchen hat es endlich gescheckt und umgehend neue Äpfel gekauft, um sie wie gehabt, wieder unter die Möhrenstücke gemischt. Wir zwei zeigen ihr schon, was wir mögen und was nicht. Sie sagt, ihr zwei seit schon viel zu verwöhnt." Sie" ist aber auch ganz schön hinterlistig. Aus dem Futternapf, haben wir immer nur das Leckere herausgesucht und die kleinen Pellets und so grünes Zeug immer zurück gelassen.

Da Frauchen aber sehr sparsam ist, hat sie die Reste gesammelt und mit dem Mixer zerkleinert. Sie hat sie wieder mit Haferflocken und etwas Gutes Öl und mit einem Eiweiß vermischt und daraus einen Teig gemacht, den sie im Bachofen zu Knabberstangen backt. Sie hat es ihrer Freundin erzählt als sie zu Besucht war. So haben wir erfahren, wie sie uns überlistet. Die Dinger schmecken sogar gut und wir knabbern sie gerne.

Heute Morgen hat Frauchen nicht schlecht gestaunt, unsere Futternäpfe waren restlos leer. Sie hat jetzt kapiert, dass wir nur Möhren mit Äpfeln gemischt mögen.

Heute haben wir zwei, eigentlich Lala, im geöffneten Kleiderschrank einen Strauß Lavendel entdeckt, als Frauchen Sommergarderobe herausholte. Die schnelle Lala hat sofort erkannt, dass es etwas Essbares sein könnte. Schnell wie der Blitz hat sie gleich den ganzen Strauß aus dem Schrank gezogen. Die Stängel haben wir uns gleich gut schmecken lassen. Komisch, Frauchen hat gar nicht geschimpft. Sie kann ja jetzt die liegen gelassenen trockenen Blüten auffegen. Sie sagte, ich habe im Garten noch genug Lavendel also habt euren Spaß damit. Die trocknen Blüten haben wir dann auch noch gefuttert. Sie sind uns gut bekommen.

Heute gab es die ersten zarten Löwenzahnblätter. Wir haben uns darauf gestürzt als hätten wir tagelang kein Futter bekommen. Ich war sehr schnell gesättigt, doch Lala die Verfressene futterte noch lange weiter davon.

Sie hatte wieder Angst, ich könnte auch gleich wieder zu futtern anfangen, weil sie ja den Hals nie voll bekommt. Hoffentlich kriegt sie keinen Durchfall davon. Doch ich glaube, Frauchen weiß wie viel wir davon vertragen. Wenn es schon wieder Löwenzahn gibt, können wir sicher bald auf den Balkon in unser Sommerrevier. Frauchen grübelt schon, wie sie uns die Etage tiefer bekommt. Sie hat laut gedacht, dass sie uns mit einem Netz fangen kann. Wenn das nur gut geht. Bei mir glaubt sie, dass es einfacher mit mir geht, weil ich mich wieder gerne von ihr streicheln lasse.

Vor zwei Tagen kam Herrchen vom Futter kaufen zurück und brachte zwei kleine Probetüten mit einem anderen Futter mit. (Von einer bekannten Firma für Tierfutter usw.) Wir haben es nicht angerührt was Frauchen nicht verstehen konnte. Es sah doch fast genauso aus wie unser gewohntes Futter. Doch es <u>roch</u> anders und wir mochten es nicht. Also bleibt alles beim Alten.

Gestern war der große Umzug in unser Sommerrevier auf dem Balkon. Das war vielleicht eine Aktion. Während der Reinigung unserer Ställe, sprang die neugierige Lala in den kleineren Stall und Schwups war sie gefangen. Sie wurde mit samt dem Stall auf den Balkon hinuntergetragen.

Jetzt war ich an der Reihe. Im großen Stall wurde noch geputzt und die große Blechschale für Streu und Heu stand noch frisch gescheuert in der Sonne zum Trocknen. Ich war neugierig wie es jetzt im Stall aussah und Schwups war auch ich eingesperrt, hätte ich mir eigentlich denken können. Frauchen ging nach unten um Herrchen zu holen, damit auch ich samt Stall heruntergetragen werde. Als die Beiden das Zimmer betraten, hatte ich mich ich schon durch die schmale Öffnung, die sonst durch das Blech verschlossen ist, hindurch gezwängt und war wieder frei. Jetzt mussten sie mich einfangen, was gar nicht so leicht war. Wir rannten um die Wette. Ich war natürlich schneller als die beiden Leutchen, aber ich wurde schnell müde und wollte etwas verschnaufen und Frauchen streichelte mich ganz lieb. Ehe ich mich versah, hat sie mich geschnappt und in das bereitgehaltene Netz gesetzt. Oben zugehalten und so ging es auf Frauchens Arm eine Etage tiefer. Auf dem Balkon angekommen wurde ich sanft in den kleinen Stall zu Lala gesetzt. Ich war fix und alle und Frauchen bekam es ein wenig mit der Angst zu tun. Aber die liebe Lala leckte mein Fell, es fühlte sich an wie streicheln und ich beruhigte mich allmählich. Frauchen holte frischen jungen Löwenzahn und sie reichte uns die Blätter durch das Gitter.

Der Appetit hat bei uns beiden durch diese Aktion nicht gelitten.

Leider hat das Wetter nicht gehalten was es versprochen hatte und die Tage und Nächte sind noch sehr kühl, dazu noch der viele Regen. Wir bekamen darauf hin wieder ein Gehege abgetrennt wo der Regen nicht hin reicht. Da wir ja nicht eingesperrt sein wollen, hat Frauchen die Decken aus unserem Winterquartier jetzt unter unsere Ställe gelegt und so haben wir es auch von unten warm.
Jetzt erwarten wir, wie unsere Menscheneltern auch, dass es bald warm wird, und wir alle „Vier" wieder viele

Stunden gemeinsam auf dem Balkon verbringen können.
Eine schöne Zeit steht uns dann bevor.

- ENDE -

Die Autorin wurde am 11.12.1936 in Gelsenkirchen Horst geboren.

1939 zogen ihre Eltern nach Wetter Ruhr Dort besuchte sie dieGemeinschaftsschule und machte eine Lehre als Bäckerei Fachverkäuferin.
1958 heiratete sie und zog mit ihrem Ehemann 1959 in den
Naturpark Rheinischer Westerwald Wiedtal.
Dort lebt sie mit ihrem Ehemann inmitten der Natur
und betreibt eine Ferienwohnung.
Ihre Liebe gilt der Natur und den Tieren, sie ist eine begeisterte Hobbyköchin und wandert gerne.